algar

Colección Calcetín

Últimos títulos publicados en Calcetín Amarillo +8

155. ***Lazarillo de Tormes***. Adaptación de Vicente Muñoz Puelles / Adriana Santos
156. ***Cuaderno de besos***. Alfredo Gómez Cerdá / Sònia Albert
157. ***El refugio de los versos***. Beatriz Berrocal / Roser Argemí
167. ***Los viajes de Gulliver***. Jonathan Swift. Adaptación de Teresa Broseta / Miguel Á. Giner Bou
170. ***Catastróficamente bruja***. Raquel Míguez / Mar Blanco
173. ***Sirenas, vikingos, ballenas... y una escalera***. Carmela Trujillo / Pam López
175. ***Peter Pan***. James Matthew Barrie. Adaptación de Vicente Muñoz Puelles / Lucía Serrano
176. ***Cuentos de Andersen***. Hans Christian Andersen. Adaptación de Josep Franco / Valentí Gubianas
177. ***¡¡¡Guilleee!!!*** Francisco Díaz Valladares / Laia Ferraté
182. ***Vacaciones***. Daniel Nesquens / Mai Egurza
184. ***Miguel se escribe con M de merengue***. Inmaculada Díaz Benítez / Detrés
185. ***Por lo menos un millón***. Elena Alonso Frayle / Javier Lacasta
190. ***La misión de los fantasmas***. Isaac Palmiola / Patri de Pedro
193. ***A vista de pájaro***. Teresa Broseta / Pedro Simón
194. ***Los inventos del profesor Sapienti***. Lola Llatas / Calle
195. ***Fede, Federica, Federico y los hilos perdidos***. Àfrica Ragel / Laia Ferraté
202. ***Los misterios de Tachín***. Lucía Baquedano / Jacobo Fernández
206. ***Tizas de colores***. Ximo Cerdà / Roser Argemí

Existe una propuesta didáctica referida a este libro que se puede descargar de forma gratuita desde la página web de Algar www.algareditorial.com.

Apartado de correos 225 - 46600 Alzira
www.algareditorial.com
Diseño de la colección: Carles Barrios
Impresión: Guada Impressors

1.ª edición: febrero, 2024
ISBN: 978-84-9142-697-4
DL: V-25-2024

Colección Calcetín

Tizas de colores

Ximo Cerdà

Ilustraciones de Roser Argemí

Premio Algar de Novela Infantil

algar

A mi madre, la primera en contagiarme
la maravillosa enfermedad de la fantasía.

Y a Marta y Joaquín, naturalmente.

Quinta edición de los Premios Algar

Esta obra obtuvo el Premio Algar de Novela Infantil, patrocinado por Algar Editorial. Formaban el jurado Josep Antoni Fluixà, Núria Pérez y Paula Soriano.

1

—¡Vamos a morir!

Eran las doce de la mañana del cuatro de febrero cuando la vieja Klitschko, la anciana del tercer piso, gritó aquella frase por primera vez. Y, a diferencia de lo que acabaría sucediendo los días siguientes, en aquella ocasión nadie estalló en carcajadas.

Estaban demasiado ocupados intentando no caer presas del pánico y buscando un lugar donde refugiarse de las bombas.

Hasta el momento en que habían empezado las explosiones, había sido un día *casi* normal. Fijaos en que digo *casi* y no *normal* a secas, porque, de un tiempo a esa parte, el mundo parecía haber enloquecido de repente.

Natasha había averiguado algunas cosas sobre la extraña situación en la que se encontraban inmersos, pero, desde luego, no todas. Todavía quedaban muchos huecos por rellenar. La visión de Natasha es muy importante, ya que puede decirse que ella es la protagonista de nuestra historia. Por lo pronto, y gracias a un intenso proceso de investigación, había logrado sacar en claro:

- Que al dirigente de un país vecino se le habían cruzado los cables y se había vuelto turulato. Más o menos.
- Que quería quedarse con ciertas cosas que solo se encontraban en el país de Natasha. O algo así.
- Que el dirigente del país de Natasha había dicho «ni pensarlo». O «no lo verán tus ojos». U otra frase parecida que en el fondo quería decir que no.
- Que, en lugar de hacer las paces y arreglarlo, como habría hecho cualquiera de

los compañeros de clase de Natasha tras discutir en el patio del colegio, se habían enfurruñado.

Así que, en lugar de apaciguarse, la cuestión se había ido caldeando y la vida cotidiana se había enrarecido. Y todo había cambiado de la noche a la mañana. De pronto, los parques estaban más vacíos de lo normal, costaba encontrar algunos productos en los supermercados y los mayores salían a la calle con aire suspicaz. Se decía que los jóvenes que superaban cierta edad estaban siendo reclutados para algo llamado «defender la patria» que nadie había conseguido explicarle. En la televisión nacional ya casi nunca ponían series de dibujos animados; durante la mayor parte del día, solo se emitían soporíferos programas en los que aburridos tertulianos decían cosas incomprensibles con la cara muy seria.

Y a Natasha se le ponía la piel de gallina cuando alguno de esos tertulianos pronunciaba aquella horrenda palabra, que sonaba peor que el peor de los tacos: «guerra».

2

Así que, como ya he dicho, a las doce en punto cayó la primera bomba y la vieja Klitschko gritó aquello de que iban a morir todos.

Natasha pudo escuchar con claridad ambas cosas, ya que justo en ese momento subía por la escalera del edificio de la mano de su madre. Acababan de dejar atrás el descansillo del tercer piso y todavía no habían llegado al cuarto, donde ellas vivían. Aunque, claro, para oír la bomba daba igual dónde estuvieras, porque retumbó por todo el edificio.

Y, probablemente, por toda la ciudad.

Las paredes temblaron y Natasha tuvo que

agarrarse a la barandilla para no perder el equilibrio.

—¡Mamá! —exclamó la niña.

—¡Natasha! —gritó su madre a su vez. Parecía tan sobresaltada como ella—. ¿Estás bien?

—Sí, sí. Creo que sí.

La puerta de la casa de Natasha se abrió de repente y de ahí salió su padre. Su rostro parecía anormalmente agitado.

—¡Yelena! ¡Natasha! —llamó a voz en grito—. ¿Estáis ahí?

—¡Yuri! —respondió su madre mientras subía con velocidad los escalones que la separaban de su destino—. ¡Aquí estamos! ¿Qué está pasando?

—No lo sé. —Yuri abrazó a su mujer y a su hija. Parecía respirar aliviado porque, al menos, la familia

se había reunido—. Creo... creo que están bombardeando la ciudad.

Como para confirmar las palabras de Yuri, hubo una segunda detonación, todavía más potente que la anterior. Daba la impresión de que alguien sacudía el edificio, como si sus paredes estuvieran hechas de papel.

—¿Qué hacemos? —preguntó Yelena, desesperada.

Yuri trató de enfocar la cuestión con serenidad, a pesar de las circunstancias.

—¡El refugio! —exclamó con determinación—. Rápido; entrad en casa y coged solo lo imprescindible. Luego bajaremos juntos al sótano y nos resguardaremos allí.

No perdieron ni un segundo. Yelena se hizo con unas cuantas mantas, algunas prendas de vestir y una bolsa llena de latas de conserva. Natasha se dirigió a su habitación, pero, al entrar, se quedó paralizada. Había tanto allí que no se decidía a llevarse nada. ¿Qué era imprescindible? ¿Sus peluches? ¿Sus muñecas? ¿Sus libros?

—¡Vamos! —apremió papá—. ¡No podemos perder ni un segundo!

Y, en el calor del momento, lo único que fue capaz de recuperar fue la pequeña caja de tizas de colores que usaba para pintar en su pizarra.

Natasha no lo sabía, pero aquel impulso irracional terminaría por convertirse en la mejor decisión de toda su vida.

3

En el sótano del edificio en que vivían Natasha y sus padres había un refugio antiaéreo.

En realidad, muchos edificios de la ciudad lo tenían. La mayoría.

Las personas mayores contaban que, tiempo atrás, una cruel guerra había golpeado el país. La mayoría de los refugios se habían creado entonces de una forma apresurada. Y una vez que hubo terminado la guerra, los arquitectos y los albañiles habían decidido seguir poniéndolos en los sótanos de los inmuebles.

—¿Por qué malgastar este espacio? —preguntaban los jóvenes, para los que, como para

Natasha, la guerra no era más que una página cualquiera de su libro de historia.

—Por si acaso —respondía algún mayor.

Y Natasha no podía evitar pensar que, a veces, los mayores hacían cosas un poco extrañas.

Recordaba haber bajado a aquel refugio una o dos veces en toda su vida. Se trataba de un espacio angosto y lúgubre, mal iluminado y peor ventilado. Una puerta grande y pesada daba acceso a una estancia principal de la que partían dos compartimentos más reducidos. Y en el fondo, aprovechando el último rincón, había un cuarto de baño que daba un poco de asquito, la verdad.

Eso era todo.

El señor Aldanov, el conserje, era el encargado de mantener el lugar en condiciones. Pero, para ser sinceros, no parecía que se esmerase mucho. Bajaba una vez a la semana a pasar la escoba por el suelo y el trapo por las estanterías metálicas. Y poco más. Pero era comprensible: aquel lugar recibía pocas visitas, o

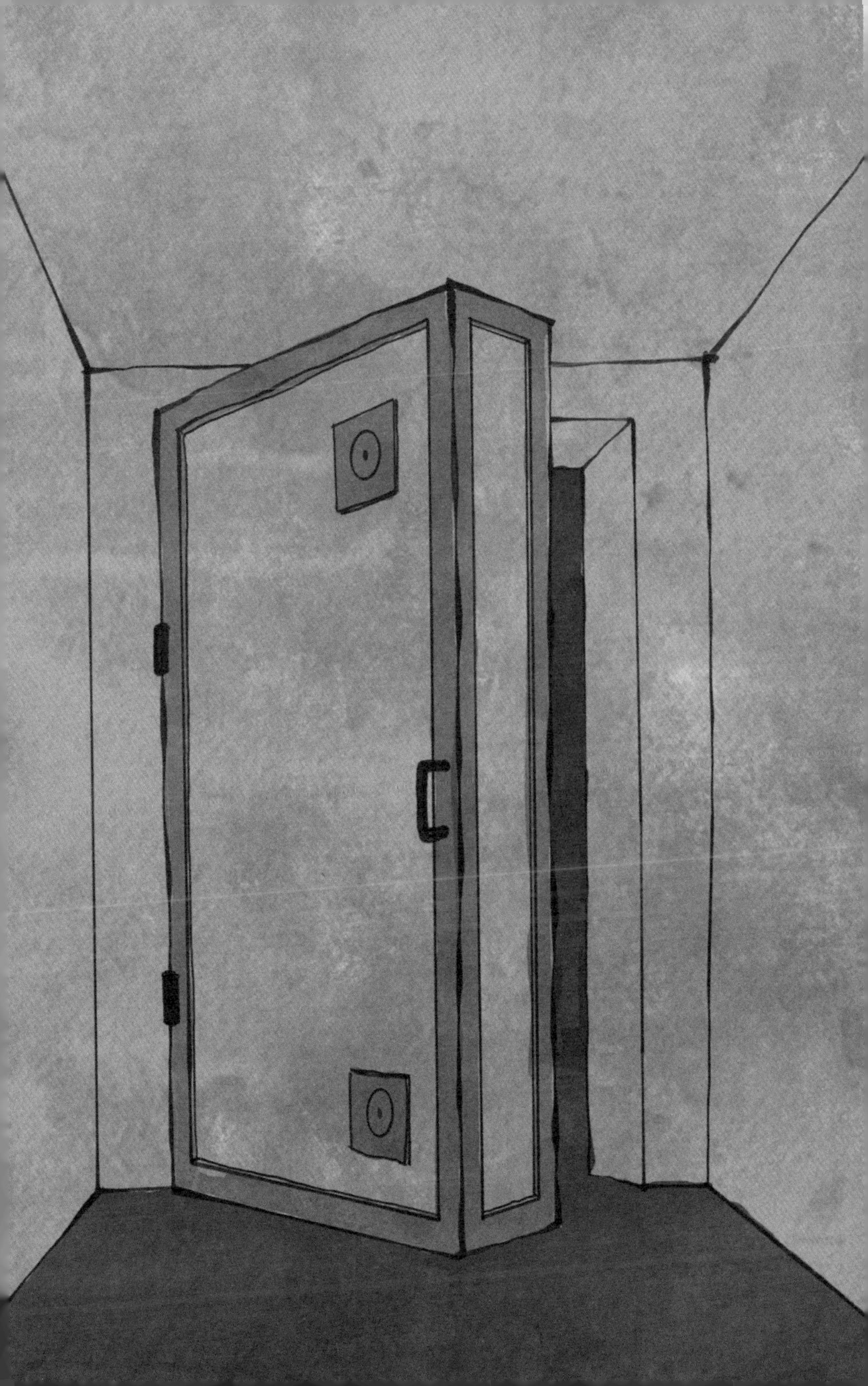

ninguna. Incluso había vecinos del inmueble que ni siquiera sabían que aquel espacio existía.

En aquel momento estaba lleno a rebosar.

La práctica totalidad de los habitantes del edificio habían tenido la misma ocurrencia que Yuri. Habían reunido lo imprescindible y habían ido allí, confiando en que aquel reducido lugar les proporcionase resguardo suficiente.

—¡Vamos a morir! —gritó la vieja Klitschko, la anciana del tercer piso, que acababa de entrar en el refugio acompañada por el señor Aldanov.

Un escalofrío recorrió la espalda de Natasha de arriba abajo, pero respiró profundamente y no dijo nada.

Era la una de la tarde.

4

El señor Emilianenko, vecino del quinto, estaba pálido y no dejaba de sudar.

Cuando, una vez que todos los residentes hubieron entrado en el refugio, Yuri hizo ademán de cerrar la puerta, se puso todavía más nervioso.

—Por... por favor... —balbuceaba—. No cierres... No...

Yuri se mostró contrariado.

—Tengo que cerrar —explicó—. De lo contrario, no sirve de nada que estemos aquí.

—Pero no... no puedo... No...

El pobre hombre apenas era capaz de expresarse con coherencia. La señora Werbowy, la bibliotecaria, que vivía en el segundo, salió en su auxilio.

—Tiene claustrofobia —explicó—. No soporta los espacios cerrados.

—Pero tengo que cerrar —insistió Yuri. El eco de las explosiones llegaba a ellos a través de la puerta abierta—. Si no lo hago, nos estaremos poniendo en peligro.

—No puedo... respirar...

Realmente parecía faltarle la respiración. Natasha jamás había visto un ataque de pánico, pero no tuvo ninguna dificultad en reconocerlo. Y lo peor era que el pánico del señor Emilianenko

parecía estar contagiándose a otras personas, especialmente a los más pequeños.

—¡Yuri! ¡Cierra ya! —gritó alguien.

—¡Que se quede fuera! —gritó otro.

La situación se estaba descontrolando por momentos. Natasha sintió que debía hacer algo para aliviar la tensión, aunque no sabía qué. Bajó la mirada al suelo, sintiéndose muy pequeña y muy impotente.

Y entonces, como por casualidad, la respuesta nació en su cabeza.

Justo cuando vio la caja de tizas que llevaba en la mano.

Veloz, miró en uno de los compartimentos del refugio e identificó una pared vacía. Sacó sus tizas y empezó a garabatear sobre su superficie. No se esmeró mucho, porque sabía que no disponía de mucho tiempo. Cuando consideró que era suficiente, regresó a la sala principal, se escabulló entre los mayores, que discutían acaloradamente, y tomó al señor Emilianenko de la mano.

—Cierre los ojos. Venga conmigo —dijo, con la voz más dulce que pudo poner.

El señor Emilianenko hizo ademán de protestar, pero el aplomo de la niña le hizo pararse en seco y obedecer. De la mano de Natasha y con los ojos cerrados, se dejó acompañar al compartimento lateral.

—Ahora abra los ojos —indicó Natasha.

Entonces la mirada del señor Emilianenko descubrió aquella pared. En ella, Natasha había pintado un hermoso cielo azul salpicado de esponjosas nubes blancas y un sol brillante que lo presidía en la parte central.

Si uno se centraba en aquella pared, era casi como estar al aire libre. Y eso fue lo que el señor Emilianenko hizo.

—Gracias —musitó.

Natasha le regaló una sonrisa y miró de reojo a su padre, que la contemplaba admirado desde el vano del compartimento.

Después regresó a la puerta del refugio y la cerró.

5

Hay una cosa que todavía no he mencionado y que quizá sea el momento de contar antes de continuar nuestro relato. Y es que Natasha dibujaba muy bien. Pero que muy bien.

No solo dibujaba bien; también pintaba bien. Y lo que tal vez sea más importante, realmente disfrutaba haciéndolo.

Casi todos los que conocían a la niña la recordaban siempre con algo para colorear entre las manos. Para Natasha, una hoja en blanco era una invitación a crear universos fantásticos, mundos

ficticios que, de repente, se asomaban al nuestro, aunque fuera a través de una ventana en dos dimensiones.

Desde su más tierna infancia, Natasha había tomado por costumbre regalar sus creaciones a las personas que apreciaba. Al principio, mamá decoraba la puerta del frigorífico con aquellas láminas, pero con el tiempo se había visto obligada a dejar de hacerlo y a almacenarlas en carpetas. Hoy por hoy, con los dibujos que había acumulado podrían empapelarse los frigoríficos de varias tiendas de electrodomésticos.
Y las lavadoras también.

Aclarado este punto, podemos seguir con nuestra historia.

¿Por dónde iba? ¡Ah, sí! Los residentes del edificio de Natasha se habían encerrado en el refugio y el señor Emilianenko se había calmado. Las cosas estaban un poco más tranquilas.

Solo un poco.

El ruido del impacto de las bombas sobre la ciudad aún seguía llegándoles cada cierto tiempo. Pero ahora se veía amortiguado por las toneladas de piedra y cemento bajo las que estaban parapetados.

A las dos en punto, la señora Klitschko volvió a gritar que iban a morir. Eso volvió a provocarles la punzada del nerviosismo. Pero enseguida se calló y no volvió a hablar hasta un buen rato después, así que se tranquilizaron pronto.

A las tres en punto volvió a gritar. Algunos todavía se alteraron, pero la mayoría no le dieron importancia.

Faltaban dos minutos para las cuatro cuando Natasha reparó en que Todor, el muchacho

del primer piso, que era un año mayor que ella, miraba con atención su reloj de pulsera.

—¿Qué haces? —preguntó la niña.

Todor le indicó por gestos que guardara silencio. Parecía estar llevando una cuenta mentalmente.

—Tres, dos, uno...

—¡Vamos a morir! —gritó la señora Klitschko justo cuando la cuenta de Todor llegaba a cero.

Eran las cuatro en punto. Natasha y Todor se miraron y compartieron una sonora carcajada.

La primera de muchas.

6

El siguiente problema llegaría al anochecer.

Las horas pasaban, pero el sonido de las bombas al caer no se apagaba. Cada vez que pensaban que habían escuchado la última, una nueva explosión les recordaba lo precario de su situación.

—En estas circunstancias deberíamos quedarnos a dormir aquí —concluyó Yuri—. No podemos arriesgarnos a abandonar el refugio sin tener la seguridad de que el bombardeo ha cesado.

Por fortuna, poco después del grito de las seis, la señora Klitschko se había quedado profundamente dormida, así que al menos ella no perturbaría su sueño.

Aunque, la verdad, a nadie le hacía especial ilusión convertir aquel cochambroso habitáculo en un improvisado dormitorio. No había colchones, el suelo era rugoso y solo disponían de unas pocas mantas para guarecerse del frío.

—¿No hay más remedio? —quiso saber Natasha.

—Es lo más sensato —insistió papá.

Pero si la perspectiva de dormir allí se les hacía, en general, complicada, entre ellos había alguien para quien resultaba literalmente imposible.

—¿Dónde está mamá? —dijo Aleksander, el niño del sexto, cuyos ojos empezaban a anegarse de lágrimas.

Aleksander todavía no había cumplido

los cuatro años y se agarraba con desesperación a un osito de peluche cubierto de polvo. Yelena se arrodilló junto al niño.

—¿Qué pasa, Aleksander?

—No está mamá. Quiero que venga mamá.

Aleksander estaba en compañía de Illyana, una jovencita que acababa de empezar su primer año de universidad y que se sacaba algún dinero haciendo de niñera cuando las clases se lo permitían.

—La mamá de Aleksander trabaja fuera

de la ciudad —explicó—. Estaba en el trabajo cuando han empezado a caer las bombas. Desde entonces no sabemos nada de ella.

—Quiero a mi mamá —insistió el niño. Las lágrimas ya formaban una línea brillante que recorría sus mejillas.

—¿Tienes su móvil? —quiso aclarar Yelena.

—No contesta —respondió Illyana.

Al oír aquello, Yelena notó un nudo en la garganta.

Y Natasha otro.

7

Illyana miraba a Aleksander con preocupación.

—Es tarde —explicó—. Aleksander debería dormir. Pero se niega a hacerlo hasta que no llegue su mamá.

—Quiero a mi mamá —insistió el niño.

Yelena hizo lo posible por calmarlo, pero era inútil. El niño no atendía a razones.

—Quiero que venga mi mamá —era lo único que salía de él.

Fue entonces cuando Natasha tuvo aquella disparatada idea. Las ideas disparatadas suelen ser las mejores.

Al menos aquella lo fue.

—Dime, Aleksander, ¿cómo es tu mamá? —preguntó la niña.

—Mi mamá... —respondió, sorbiéndose los mocos—. Mi mamá es muy guapa.

—Muy guapa. Tomo nota. ¿Rubia o morena?

Mientras preguntaba, Natasha había tomado de la mano al niño y lo había llevado a uno de los compartimentos laterales. Luego se puso a rebuscar tizas en su cajita.

—Rubia —respondió Aleksander.

—Claro, como tú. Debí suponerlo. ¿Pelo largo o corto?

—Largo.

Natasha trazó en el suelo la silueta de una mujer en la postura de dar un abrazo. Dejó un espacio vacío en el centro, lo suficientemente grande como para que cupiera un niño en su interior. Alrededor del círculo que representaba su cara, pintó unos largos cabellos de color amarillo, y luego completó la cara con ojos, nariz y boca.

—¿Se parece a ella?

—Bastante. Pero ella tiene los ojos más grandes.

Natasha sacudió la cabeza, borró los ojos y los hizo más grandes.

—Así mejor —afirmó el niño. Curiosamente, había dejado de llorar.

Natasha indicó a Aleksander que se situase en la parte central del dibujo y se tumbase. Visto desde fuera, era casi como si aquella mamá hecha de líneas y colores realmente estuviera abrazando al niño.

—¿Qué canción te canta mamá para dormir?

—«El conejito Vladímir».

Natasha titubeó.

—No me la sé...

—Yo sí —intervino Illyana, que había estado atenta todo el tiempo.

La joven se sentó al lado del niño y empezó a musitar una canción con dulzura.

Y el milagro sucedió.

Quizá fuera por el cansancio acumulado, por el llanto vertido, por el dibujo de Natasha o por la canción de Illyana. O puede que fuera una mezcla de todo eso. Lo cierto es que, antes de que se dieran cuenta, Aleksander estaba profundamente dormido.

8

En realidad, la mamá de Aleksander sí regresó, aunque no fue esa noche. El regreso tuvo lugar al día siguiente, entre el grito de las once de la señora Klitschko y el de las doce. Primero se oyeron ruidos al otro lado de la puerta y luego una voz que pedía, por favor, que abrieran.

Al escuchar aquella voz, el pequeño Aleksander, que había disfrutado de una larga noche de sueño reparador, saltó como un resorte.

—¡Es mamá! —exclamó exultante, echando a correr en dirección a la puerta—. ¡Es mamá!

El esperado reencuentro los dejó a todos con el corazón en un puño. Incluso hubo algunas lágrimas derramadas por la emoción. Entre ellas, las del señor Emilianenko.

—¡Hijo mío! —decía la mamá de Aleksander, entre sollozos—. Nos quedamos atrapados e incomunicados en el trabajo. Y yo solo podía pensar en ti. ¿Estás bien?

—Sí.

—¿Me has echado de menos?

—Al principio sí —explicó—. Pero luego Natasha te dibujó en el suelo y fue casi casi como si todo el tiempo hubieras estado aquí. Conmigo.

—¿Quién es Natasha?

Aleksander señaló a la niña con el dedo.

Y la mamá de Aleksander, sin dejar de abrazar a su hijo, miró a Natasha y musitó un «gracias» que no se oyó demasiado, pero sí se notó.

Sin embargo, me estoy adelantando.

Ya he pasado al día siguiente para contar el regreso de la mamá de Aleksander, pero antes todavía tenía que transcurrir la noche, una noche que trajo consigo un invitado indeseado: el intenso frío.

Pocos habían pensado en eso. En sus casas, todos disponían de calefactores, estufas o calefacción. En aquel refugio estaban a merced de las rigurosas temperaturas invernales, sin más protección que la proporcionada por unas pocas mantas; y eso, aquellos que habían tenido la precaución de proveerse de alguna antes de encerrarse. Que no habían sido muchos.

El frío se reveló como un feroz enemigo. Se les colaba dentro y los hacía tiritar hasta casi perder el control de las manos. Los dientes castañeteaban con tanta intensidad que tenían

la impresión de estar oyendo disparos de metralletas. Ni siquiera acurrucarse muy juntitos parecía tener efecto.

Era una sensación terrible.

9

Y, de nuevo, la locura se sirvió de las manos de Natasha para regalarles un poco de paz.

Aunque esta vez debo decir que no fueron las únicas.

Debía de ser noche cerrada. La anciana Klitschko seguía roncando. Ella y Aleksander eran los únicos que parecían ajenos al cruel mordisco del frío. Todos los demás tiritaban descontroladamente, y eran los propios temblores los que parecían impedirles conciliar el sueño.

—Papá —dijo Natasha—. No puedo dormir. Tengo frío.

Yuri asintió con el gesto y miró alrededor. De pronto recordó cómo su hija había manejado el problema del señor Emilianenko y el de Aleksander, y decidió dejarse contagiar por aquella magia.

—Señor Aldanov —dijo mientras se ponía en pie—. ¿Puede echarme una mano, por favor?

Juntos se dirigieron a las estanterías metálicas del fondo de la estancia.

—Ayúdeme a retirar esto.

Entre los dos lograron mover las pesadas estructuras. Natasha empezó a barruntar qué era lo que pretendía su padre. Porque allí, detrás de las estanterías, había una pared.

Una pared inmensa.

—Piensa en lo más cálido que se te ocurra —dijo Yuri a la niña.

—¡Una playa!

—¡Eso es! Una playa.

—Con palmeras, y arena... y un sol abrasador.

—¡Estupendo, Natasha! ¿La ves en tu cabeza? Pues ahora... ¡píntala!

Y eso hizo.

Al principio le costó arrancar debido a su temblor de manos. Pero después de los tres o cuatro primeros trazos, los escalofríos habían desaparecido. Para Natasha, tan solo existía aquella pared, frente a ella, esperando a albergar la escena más cálida que pudiera plasmar. Empezando por el amarillo sol.

Mientras la niña pintaba, Yelena se acercó y extrajo la pintura azul de la cajita.

—¿Te ayudo con el cielo?

Natasha asintió con entusiasmo.

Yuri tomó la pintura azul más clara.

—Yo puedo encargarme del mar —dijo—. Se me dan bien las olas.

Luego se acercó el señor Emilianenko y pidió permiso para pintar con el color marrón el tronco de una palmera. Palmera que remató Aldanov con unas hojas verdes. Todor escogió el color carne para pintar unos cuantos bañistas. La verdad es que no le salieron muy bien, pero eso tampoco importaba. La señora Werbowy

optó por el rojo oscuro y pintó varias toallas y sombrillas en la arena, y un par de señoras a quienes Natasha no conocía hicieron lo mismo con otros colores. Una multitud de manos, una por cada color de la cajita, pusieron su marca en aquel improvisado mural que, media hora después, estaba terminado.

Curiosamente, ya ninguno recordaba el frío.

De hecho, hay quienes juran que fue una de las noches más cálidas de toda su vida.

10

A la mañana siguiente los despertó el grito de las siete de la mañana:

—¡Vamos a morir! —dijo la señora Klitschko.

—Sí, pero de cansancio —protestó Natasha.

Luego escuchó, unos metros a su derecha, la carcajada de Todor y, por algún motivo, ella también se vio impelida a reír.

Se incorporó y dirigió la mirada a la pared del fondo, que albergaba la maravillosa obra que la noche anterior había unido a todos los refugiados de aquel lugar en un único empeño. Luego vio, junto a ella, la caja de tizas, que no sabía muy bien por qué había cogido de casa y que, sin embargo, se había convertido en imprescindible allí abajo.

Y entonces sintió una punzada de intranquilidad.

Muchos de los colores ya no estaban. Otros estaban casi consumidos y era prácticamente imposible pintar con ellos. Tan solo quedaban unos pocos, los que menos se utilizaban, y no darían para un dibujo completo.

De repente se sentía indefensa.

¿Qué haría ahora cuando alguien tuviese un ataque de pánico, o cuando un niño pequeño no quisiera dormir? Se había quedado sin sus armas.

Miró a su padre buscando algún tipo de consuelo. Yuri vio el azoramiento en el rostro de la niña y, al bajar la mirada y ver la caja casi vacía, lo entendió todo.

—No te preocupes —dijo—. Algo se nos ocurrirá.

Pero estaba claro que ya tenía algo en mente, porque los ojos de Yuri brillaban como cuando tenía un plan.

Para desayunar comieron conservas. Unas conservas que sabían a mocos de demonio enlatados. De vez en cuando todavía se escuchaban detonaciones.

—Voy a salir a ver cómo están las cosas por la ciudad —dijo Yuri.

—¿Es necesario? —Yelena parecía inquieta.

—Es conveniente —respondió Yuri con determinación—. Tenemos que hacernos una idea de lo que hay ahí afuera.

Natasha no quería que su padre se marchara, y era evidente que Yelena tampoco. Pero también estaba claro que no iban a poder impedírselo.

—Ten mucho cuidado —dijo Yelena por fin.

—Prometido.

Yuri dio un fuerte beso a cada una, abrió la puerta y salió.

Las horas que vinieron a continuación parecieron transcurrir más lentas que de costumbre.

11

Pero pasaron.

Y antes de que la señora Klitschko diera el grito de las dos, la puerta del refugio se abrió y un agotado Yuri se reunió con la familia.

Natasha jamás se había alegrado tanto de ver a su padre. Jamás.

—¿Qué tal todo en la ciudad? —preguntaron.

—Complicado —respondió Yuri, una vez que hubo recuperado el resuello—. El barrio norte está completamente derruido.

Unas exclamaciones de abatimiento siguieron a aquella información.

—¿Barrio norte? ¿No es allí donde está el teatro de marionetas? —preguntó Natasha.

Yuri negó con la cabeza.

—Ya no.

Un profundo abatimiento se apoderó de la niña. Tenía bellísimos recuerdos relacionados con ese teatro. La perspectiva de que nunca más volvería allí hizo que se sintiera muy triste.

—La aviación enemiga sigue haciendo incursiones, pero ahora son menos frecuentes. El Gobierno ha organizado la respuesta, aunque todavía es pronto.

Siguieron más informaciones como esa, pero Natasha no las comprendía del todo. Los mayores preguntaban y su padre respondía hasta donde sabía. Lo único que sacó en claro era que todavía tendrían que permanecer allí abajo por un tiempo que nadie era capaz de precisar.

Abatida, se apartó de la multitud e intentó averiguar cómo iba a apañárselas para espantar el aburrimiento durante todas las horas que tenía por delante. Quizá Todor pudiera echarle una mano. Parecía estar siempre de buen humor, y sus carcajadas se contagiaban a todo el refugio.

Cuando terminó de informar al resto, Yuri se sentó junto a su hija.

—¿Estás bien? —preguntó.

—Ahora sí —reconoció Natasha—. He tenido mucho miedo por ti. Pero ahora estoy bien.

—Estoy muy orgulloso de ti.

Yuri le dio un cálido abrazo que hizo que la niña se sintiera mejor.

—Ah, por cierto... Te he traído un regalo.

—¿Un regalo? —preguntó ella, picada por la curiosidad.

De uno de los bolsillos de su chaqueta, Yuri extrajo algo.

Era una caja de tizas de colores.

Y, al verla, Natasha lloró. Pero era un llanto de alegría.

12

Todavía tendrían que pasar muchas horas, que acabaron por convertirse en días, en aquel triste refugio. Pero, gracias a las tizas que Yuri había llevado y a las hábiles manos de Natasha, volvieron a llenarse de color.

Cuando alguien dijo que la comida de las latas de conserva estaba asquerosa, Natasha pintó un precioso restaurante en el que se servían exquisitos manjares.

Cuando llegó la noche y el aburrimiento parecía que iba a vencerlos, Natasha pintó un extraordinario salón de fiestas. La señora Werbowy cantó y, a falta de otro instrumento musical, el señor Aldanov la acompañó silbando. Todos coinciden en recordar que fue un baile precioso.

Cuando alguien se quejó de la cantidad de horas que llevaban encerrados entre cuatro paredes, Natasha pintó la torre de Pisa, la torre Eiffel y la estatua de la Libertad. Por la noche, todos hablaban emocionados de la deliciosa vuelta al mundo que acababan de dar.

Y así, entre dibujos y fantasías, llegó el día en que alguien llamó a la puerta del refugio.

—¡Yuri! ¡Señor Aldanov! —escucharon gritar con alegría al otro lado—. ¡Salid! ¡Vamos! ¡Tenéis que ver esto!

Quien así gritaba era Ígor, uno de los mejores amigos de Yuri.

—¿Qué sucede? —quiso saber este mientras abría la puerta.

—¡Se retiran! —A Ígor casi no le salían las palabras, de pura excitación—. Nuestros

Gobiernos han llegado a un acuerdo y hay un principio de armisticio.

—¿Quieres decir...? —Yuri apenas podía creer lo que oía.

—¡Han acabado los bombardeos!

Una exclamación de alegría inundó el refugio.

—¡Podemos salir! —coreaban.

—¡Al fin!

Nadie perdió ni un segundo. La diminuta estancia que hasta poco antes había estado anegada de personas vio cómo, una a una, iban saliendo por la puerta y regresaban a sus vidas.

O a algo similar.

Por alguna razón, Yuri, Yelena y Natasha se quedaron hasta el final, hasta que ya no quedó nadie. Bueno, sí quedaba alguien. La señora Klitschko permanecía sentada en un asiento. Natasha se acercó a ella. Faltaban segundos para las cuatro de la tarde.

—¡Vamos a...! — empezó a gritar la anciana.

Pero Natasha la interrumpió.

—Vamos a vivir, señora Klitschko —dijo, mientras le tendía la mano.

La mujer clavó en la niña una mirada profunda. Luego asintió con el gesto y la tomó de la mano.

—Vamos a vivir.

Y, diciendo esto, se dispuso a salir del refugio.

Esta historia la escribió...

Ximo Cerdà (Xàtiva, 1975)

Además de trabajar como profesor en la Escuela Técnica Superior de Ingenieros de Telecomunicación de la Universidad Politécnica de Valencia, ha dado rienda suelta a su pasión por la literatura publicando obras de teatro, novelas y narrativa infantil y juvenil, como la saga dedicada al investigador Bredford Bannings (Barcanova).

En Algar ha publicado *Un pañuelo de pirata* (2021), galardonado con el Premio Vicent Silvestre de Narrativa Infantil.

Y la ilustró...

Roser Argemí (Barcelona, 1984)

Aunque es arquitecta, se dedica por completo a su pasión por la ilustración, sobre todo la dirigida a los más pequeños. Usa técnicas de lápiz y acuarelas para representar escenas cotidianas ambientadas en el mundo infantil, pero siempre con un fondo arquitectónico muy presente. Ha publicado en las principales editoriales del país. En Algar, puso el trazo del poemario *El refugio de los versos* (2019).

ÍNDICE

Capítulo 1 7
Capítulo 2 12
Capítulo 3 17
Capítulo 4 21
Capítulo 5 26
Capítulo 6 30
Capítulo 7 34
Capítulo 8 39
Capítulo 9 43
Capítulo 10 48
Capítulo 11 52
Capítulo 12 56